詩集　小説

四元康祐

思潮社

目次

パート1　小説

パート3　イマジスト達の浴室

装幀　中島　浩

詩集　小説

パート1　小説

坂の上の雲

小説のなかの坂の上で
雲は律儀に一片の雲のふりをしている
小説の外を飛ぶ鳥にとって
雲は雲を超えて
雨であり空であり星の瞬きであり
鳥自身でさえあるのに

人類は未だ物語ることに取り憑かれている
ビッグバン以来流れ続ける銀河に
錆びた言葉の鋲を打ち込み
束の間の主語を擁して
描いては消され　消されてはまた描く
渚の砂の絵

詩は日灼けした少女の素足だ
砂を蹴散らし言葉の貝殻を拾い集めて
眩しげに空に翳す
それからスカートの裾を翻して放り投げる
筋書きも命名も呑みこんで
透明な波動へとほぐす述語の海に

波のなかでは魚の目が
かつて雲だったものの翼を見ている

詩vs小説

1

あなたは羽ばたきでした
わたしが蝶を貫く虫ピンだったとき

あなたは指の隙間から零れ落ちる時の砂粒でした
わたしが白い骨だったとき

あなたは虹のきらめきでした、砕け散る波頭にかかった
わたしが自らに座礁した岩礁だったとき

あなたは甘い嘘でした
わたしが苦い本当だったとき

あなたが千夜一夜の波乱万丈を紡ぎだして
星空へ網を広げてゆくとき
わたしは貫く礫です
地中を真っ逆さまにマグマ目指して墜ちてゆきます

2

前方を走る車の群れが一斉に
車線を変えた
その様子がまるで
冬の大空に編隊を組む渡り鳥か
綿密に振り付けられたバレリーナのようだったので
うっとりと見惚れて僕は思った
これぞ詩だと

だがそれは偶然そうなった訳ではなく

ましてやドライバーたちが申し合わせた訳でもなくて
彼らにはそうせざるを得ない
明白にして切実なる理由があったのだった
その厳然たる事実に気づいた僕は
急ブレーキを踏んだが
……結末は身も蓋もない小説だった

小説メドレー

時代小説

過ぎ去った時代へと読者を誘い
失われた世界を鮮やかに蘇らせる時代小説
僅か30分前の町内も
遥か30億年前のブラックホールも
未来でも現在でもないだから書いて読めばどれも時代小説

死屍累々の廃墟の真ん中を
脇差に手をかけた上半身不動のナンバ走りで
侍が近づいてくる
崩れ落ちた壁画のなかで
なお匂いたつ夏草がそっと身を震わせる

「ござりまする」男たちは叫んでいる
「……殿！」女は見えない鬘を被って喘いでいる
童らは訳知り顔で鞠をつき
地の文は御都合主義的な現代口語日本語
勝手知ったる歴史年表の一行にずかずか土足で上がりこむ

死人に口なしなのをいいことに
いけしゃあしゃあと見てきたような時代小説
昔を偲ぶ振りをしながら
未だかつて存在したことのない新しい世界を現出させて
むしろ未来の改変を密かに謀る時代小説

若々しい侍の額に
大粒の汗が光っている
背後の入道雲は湧き上がりつつ凍っている
彼がついにここまで辿り着いたとき
私たちはどこにいるのか？

ポルノ小説

女が顔を歪め身をくねらせて
切ない息を漏らす
そのリアルを脳内に再現するためだけに
言葉は奉仕するのである

凝った文学的表現などは
百害あって一利なし
月並みな描写とお定まりの展開のなかで
言葉は黒子に徹するのである

眼で見るよりももっとまざまざと
耳で聞くよりもっと間近に
裸身を浮かび上がらせ
声を喘がせ

カバーのかかった文庫本を広げる男の
何食わぬ顔の背後に
どんな官憲にも決して踏み込むことのできない
性の解放区を樹立するのである

片手で頁を捲りながら
片手でまた別のなにかをカク少年に
想像力の翼を与え
束の間詩人たらしめるのだ

甘酸っぱい匂いのなかに横たわり
白いティッシュを被せられた読後のポルノ小説
一瞬の感覚のために
彼らは潔く殉職するのである

恐怖小説

執行を翌日に控えた死刑囚が
独房に寝そべって読む一冊のスティーブン・キング
主人公はたった今愛児の亡骸を墓の下から掘り出したところ
土砂降りの雨と泥と蛆にまみれて

胸の上に開いたページの活字から
一瞬腐臭が立ち昇って死刑囚は鼻先をひくつかせる
自分で自分の臭いを嗅ぐことは難しい
胸の下で彼の心臓は力強く時を刻んでいる

一家へ押し入ったのもやっぱり激しい雨の夜だった
末っ子の細い首をへし折ったときの感触はまだ手のひらに生々しい
明日、空は晴れるんだろうか？
その翌日は？

黄泉から呼び戻された愛児は悪鬼と化して母親を嚙み殺し
主人公はふたたび我が子の息の根を止める

ベッドの上で死刑囚は目を見開いたまま冷たい汗をかいているが
それは小説のせいではない

翻訳小説

見た目は紅毛碧眼なのに
口を開けば流暢な日本語が迸る
心の故郷は父の国　言葉は母の口移し
海を越えた書物への〈愛の子〉

見慣れた活字の格子戸越しに
異国の街を覗きこむ
宝石店のなかで若い娘が朝ごはんを食べている！
一瞬、薄荷煙草の匂いが鼻を掠める

「一万ドルできれいにかたがつくんですよ、ミス・ファー」[*1]
「ヴェニス行きの一等ですね、今さしあげますよ」[*2]

まるで何人かが同時に喋っているかのような
ひとりでも響き合うバタ臭い科白の声

翻訳小説は主張する
この世は母語だけで出来てる訳ではないのだと
我が身を惜しげなく火に焼べて
言語を超えた人類の心の奥を照らし出す

ここにいながら別の世界を現わしめるのが文学の本領ならば
凡そすべての小説は翻訳小説
物珍しさと懐かしさの間で立ち尽くしつつ
夢は地球《あれの》を駆け巡る

＊1　レイモンド・チャンドラー「脅迫者は撃たない」稲葉明雄訳
＊2　トオマス・マン『ヴェニスに死す』実吉捷郎訳

ＳＦ小説

君のいるこの世界の背後に
もうひとつの別の世界があるのだと
極彩色のカバーを纏ったその一冊は囁いたのだ
活字を辿る少年の眼をとおして

金星の大気を満たすガスと煮えたぎる雨
沈着冷静な隊長と金髪の女性隊員
なにものかのひそむ密林
勇気と裏切りと愛

昔ながらの物語を包みこむ目新しい布
夢中で物語を追いながら少年は
その布の不思議な手触りにも気づいていたのだ
そのふたつが別々のものだということに

物語を読み終えた少年の手に

布だけが取り残された
その布を透かしてあたりを見回すと
風景はどこかいつもと違って見えるのだった

電信柱の影がやけに濃くて
どこかからかすかな調べが聴こえる……
長じて少年はその布を別の名前で呼ぶようになる
「ポエム・アイ」と

読書の喜び

炬燵に足をつっこんだままで
手に汗握る冒険小説
柿ピー摘まみながら他人の褌巻きつけて
うっとり口づけ恋愛小説

自分の手は汚さぬままで

作者《ひと》に殺らせるハードボイルド
垣根越しに隣は何をする人ぞ
赤の他人の私小説

どこまでも受け身のままの
読書の喜び
筋に鼻づら摑まれて
引き回されるままなされるがまま

早く結末へ辿りつきたい
いつまでも終わって欲しくない
残りのページの厚みをちらりと見ながら
行間を漂う長編小説

この世で最も甘美なる怠惰
白熱して濡れる脳
繙かれる不死
読む喜び

まだインクに浸されていないペン

ひとりのひとが立っている
まだ、名前はない

顔立ちも骨格も性格も境涯もない

あたりには光もなければ
影もなく

ただ灰色の粗い粒子が霧状に立ちこめるなかに
ジャコメッティ風の人影が
ぼうっと浮かび上がっているだけである

たった今ここへ辿り着いたようにも
今まさにここから出て行こうとしているようにも

見えるが、

相反するそのふたつの方向性が
完全に拮抗した結果
もう何万年も前からずっと
そこに立ち尽くしているのかもしれない

空は
人に
上の空
その人影と同様
空にはどんな属性もない
それは一切の表層を拒んだ純粋な奥行きに過ぎない

ひとりのひとが
立っている

これが

死、なのだろうか？
行為を、従って空間の広がりも
時間の経過も禁止されたこの状態が？
それともこれこそ私たちの本当の故郷である
未生の世界というものなのか？

彼又は彼女を
この無明の幽閉から解放してやるには
どんな些細なものでもいい
ただひとつの名辞
例えばその足元にうっすらと
Nikeのロゴが浮かびあがるだけでもよいのだが……

細部に宿り給うという
神は、どこで
何をしているのか

ひとりのひとが立っている

細部

小説とは読んで名の如し
名は体を表わすで文字通り小さな
細部の集積から成り立っているものであるが
厄介なことに細部というのは
果てしなく微細に分節化され増殖する傾向がある一方
小説の方は云うまでもなく有限な言説空間
であるから当然本来その場面に
ある筈だが言語化されぬ細部ましてや
その場面の外に茫漠と広がる小説内世界にも存在する筈の
細部たるや気の遠くなるような数であるに違いなく
実際に登場する細部などまさに巨大な氷山の
一角に過ぎないわけだがでは
それら未使用未開封元箱付の細部が

どのような末路を辿るかといえば捨てる神あれば拾う神
ありで世の奇特な好事家達が鵜の眼鷹の眼
珍品奇品を選び出してはやれこの褪せたレースの花柄模様は
アンナ・カレーニナが身を投じた列車の窓辺に
揺れていたカーテンのものだとか
砂利擦れあうこの音は近松の代表作『曾根崎心中』の名場面
縁の下に隠れた徳兵衛が自決の覚悟を固めつつ
おはつの足とり我が喉笛を撫でたときに膝がたてた擬音であるとか
眉に唾　つけるたんびに　涎垂れ
時には細部が全体であるところの稀少な初版本を上回る
値段をつけることだってない訳ではないが
本当の通なら黄昏どきの散歩の途中に立ち寄った路地裏の店先で
一山いくら二束三文積み上げられた我楽多籠から
能書きも筋書きも暗喩も剝ぎ取られた
路傍の小石のようなたとえば「てかり」という一語を買い求め
酒の肴に矯めつ眇めつ時には鼻を近づけて
一体それがどんな小説のどんな場面のどんな描写の片隅で
永遠に訪れることのない出番を待っていたのか

あれやこれや思い巡らせるうちに
己自身が見知らぬ物語のなかから締め出されとうに忘れ去られた
名もなき細部のように思われて我知らず
頬濡らすこともあるとやら。

時を繙く

手のなかの
一冊の書物

持っているのは
三つの時間

その本を書くために
小説家が費やした（だろう）長い日々の重なり

その本が開かれるたびに
主人公たちが生き直す永遠の現在

そしてその本を読み終えるまでに
私たちが生き長らえる（だろうか？）僅かな未来

時制の研究

物語のなかで時が流れ始めると
物語の外の時間は止まる

物語の時は伸縮自在
何十ページも費やして微に入り細に入り
陽に灼けた木苺の味覚について描写した後
「これらすべてが一瞬のうちに味わわれた」

と、言い放ってみるかと思えば
僅か一行で数世紀の歳月を遡ったり

物語の時は行きつ戻りつ

言葉の森に棲む夢の鼬のけもの道

罪と悔いとの枝間から
見上げる過去と未来の斑模様

物語の時を支配するのは
竜宮城の相対性理論

最後のページを読み終えて
太郎は立ち竦む

仮初めの永遠から時間の波が打ち寄せてくる
黄泉の浜辺で

真新しい宇宙服に
皺だらけ白髪だらけの心を包んで

私が・死んだ・理由

旅客機はいま炎に包まれて墜ちてゆきます
乗客たちは声を限りに叫んでいますが
私はいたって静かです　まばたきひとつするでなく
回廊めいた天井の丸みを見つめています
それというのもハイジャック犯が見せしめのため真っ先に
私の喉を切り裂いたからですが　彼らにしたって
知っていたわけではないのです私が末期の
癌を患い絶望の果ての晴れ晴れとした決意のもと
天国に最も近い場所で安らかな眠りにつくべく
大量の睡眠薬を飲み下した直後であったという事実については……
それにしても爆発はなぜ起こったのでしょう?
犯人が爆弾を機内に持ち込んだのか
あるいは領空を侵犯された他国のミサイルが命中したのか

はたまた全く偶然の事故が重なったのか
いざ知らね　私にはもう関わりのないことでございます
振り返ってみれば生きている間我が身に起こった
一切合財がいまこの刹那へと
怒濤のごとく雪崩れこむ
これまでの人生のすべての細部がこの結末のための伏線であったと
思えるのも命あっての物種　生者の特権でございましょうか
いまや因果の鎖は断ち切られた　瞬間それ自体には
原因も結果もないハイジャック犯よりもアナーキーで無差別な
ただきらきら輝く真珠のひと粒と成り果てた
機体は傾き私は転がり血塗れの顔が二重窓に押し付けられて
ああ、這い回る紅の舌なめずりその向こうから迫りくる
巨大な青い球面はてあれは何と言う名前でしたっけその紙一重の表層に
叩きつけられて糸千切れ四方に飛び散る
我が首飾り…………！

逆流小説

遡る言語で書かれた雨粒は窓ガラスを這い上がって天へ昇り
夕闇から現れた太陽は朝焼けのかなたへと沈んでゆく
老人は大志を抱き少年は学始めるべくもなく胎児へと老い易く
後悔は行為に先立ち覆水盆に帰って推量は悉く追想と化す
遡る言語で書かれた物語を読んでみたいな任意の結末から始まって
事の発端へと因果の流れを辿って語られる逆流小説！
倒立した decision tree の枝先から根元へと幹伝う叙述の栗鼠ども
枝先にゆれる花は色とりどりだが根っこを元の元まで突き詰めれば
この世の始まりは唯ひとつのハルマゲドンならぬビッグバン
結末がどれも同じだからと云って読書意欲が萎える訳ではない
無言で横たわる一個の死体から謎解きの始まる探偵推理小説
マドレーヌのひとかけらから語り出される長大な回想録
時間の遡行は物語の常套手段そもそも我々人間が未来を予見できず

いわば未来に背を向け過去を向いたままの〈現存在〉である限り
全ての言説は本来的に遡る言語で記述されているのではあるまいか
臨終の間際に見るという走馬灯とて地球と逆向きに自転する筈
人生のあらゆる細部を経ておぎゃあと叫び血生臭い産道掻い潜り
未生の闇に吞まれてゆくのだおおそれこそ究極の逆流小説！
すべての物語の〈お終い〉は宇宙の子宮溶けて渦巻く星雲の臍
虚構を語り終え文の枷から自由になった言語のかけらは一途な精虫
鼓動轟く漆黒の天蓋のもと語気だけの尻尾を打ち振って
大いなる沈黙の受胎目指してなお遡る

プロット論

1

目の前に横たわるひとりの男
胸に垂直なナイフ一本
私の両手にはべっとり血糊がついている

そもそもの発端は何だったのか
一体どんな顚末の末に事ここへ至ったのか
誰もがそれを聞けばああなるほどそれなら仕方がない
と納得して帰ってゆくような説明それをひたすら唱え続けたら
時間が停止しやがて後戻りし始めて元の木阿弥が立ち上がる魔法の言葉
知力のすべてを振り絞り口舌の限りを尽くせば
心頭滅却火もまた涼し鬼神も死体を担いで

逃げ出してゆくそんな弁論陳述が
きっとどこかにある筈だ

「血で血を洗うことはできても
　言葉で血は洗い落とせない」

マクベスとその夫人が並んで
両手を烈しく揉み合わせる仕草を繰り返している
言葉が人を行為へと駆り立てるが
一旦それが為されたが最後今度は行為が言葉を追いかけて
地獄の底まで引き摺り降ろす

三人の魔女たちが唇に指を添えてほほえみかける
地面の死体さえどことなく嬉しげだ

そうだったのか、そういうことだったのか
私が殺したのは人ではなく
言説そのもの――

私は口を開けて喉の奥から一匹の蠍を引っ張り出すと
無言で近づいてくる森を見つめた

2

人間を行為へと駆り立てることで
小説は思考する

人間が立ち止まって考え始めると
黒眼鏡の編集者がやってきて
赤いインクの血を流す

描写

森の奥に
土饅頭の形に盛り上がった
落葉があった

その下に妻が埋められているのだと
すぐに分かった

ひざまずいて素手で土を掘った腹を空かした犬のように

妻の顔を
びっしりと覆い隠しているのは腐葉土ではなく
言葉であった

顔だちを描写する夥しい語彙の群れだ
「切れ長」「意思の強さ」「藤色」「意外にも」「メラニン」「脆」「凛」等々
折り重なり、絡み合い
もぞもぞうじゃうじゃ盲目的な獰猛さで蠢きながら
語彙どもは
妻の裸身に群がっているのであった

おぞましさに顔を背けながらも
爪を立てて掻き落とした

ジグソーパズルのかけらを取り去るように
一語分ずつ
妻の素顔が現れた

最後のひとかけら――「愁」という語だった――を剝がすと
こびりついた汚れで辛うじてそれと分かるほどに
妻の頭部は無色透明虚ろであった

もはや眼には見えない
その面影に
私は腕を差し伸べ
しかと胸に掻き抱こうとしたのだが

妻は重かった
持ち上げることはおろか
満身の力をこめても微動だにしないのだった

私はその場に座り込み
凄まじい無言の重みに押し潰されながら
透明な妻の頬に指を這わせた

…………

……………

私は遂に幸福な夫であった!

命名論

彼らは我が物顔に名前をつける、片っ端から
見ず知らずの、まだ碌に存在すらしていない人物に対してまで。
いったい自分を何様だと思っているのだろうか？
どんな王から世界の命名＝所有権を授かったつもりでいるのであろうか？

ワーニャ、アンナ、カレーニナ
ロジオン、ロマーヌイチ、ラスコーリニコフ
ホリー、ホールデン、ゴライトリー
ハックル、ベリー、ジェイ、ギャツビー

神ですらそんな不粋な真似はしなかったのに。
現実の細部では虫ピンの一つ一つが、
大いなる無名に包まれて光り輝いているというのに。恥ずかしく

ないのだろうか、奇術師よろしく山高帽のなかから名前の兎を引っ張り出して？

有為子、青豆、松原凜子
溝口、多襄丸、三四郎
安寿、美登利、火田七瀬
海軍少尉川島武男

一足の靴下が洗濯するに連れて異なる二つの色合いを示すように、
市場に流通するどの一ドル札も他のドル紙幣と完全に同じではあり得ないように、
事物の本質は固有性にあり、名付けることで彼らは
そのかけがえのなさを言寿いでいるのだと主張するのだろうか？

伊邪那岐、伊邪那美、エウリュディケ
徳兵衛、お初、オフィーリア
鶴、幸、雪、妙、細雪
ヨーハン、トーマス、ブッデンブローク

或いは根源的全体性という八岐大蛇に向かって、名辞の剣を振りかざし

素戔嗚尊気取りで闘いを挑んでいるのか、
どんなに巨大な魑魅魍魎も、我慢強く切り刻み続けるなら
指先に載せた一粒の素粒子になると信じて？

ドン、キホーテ、阿Q、K
藤壺、空蟬、紫の上
悟空、八戒、三蔵法師
ハリー、ウィーズリー、ハーマイオニー

それともただ譫言のように無数の名前で呼びかけているだけなのか、
とうに失われた唯ひとつの面影に向かって？
星空の下で喉振り絞る蛙の絶唱、
「存在」への愛惜に満ちたやがて哀しき孤独な嬌声！

　一輪の名は、すべての名前
　静寂に拡がる谺の花弁
　目はすでに闇の深さを追いながら――
　空《くう》に名前の薔薇を撒く

一行小説

女の首は人並み外れて太かったが、縄の強度は十分だった。

ふたりは和やかに談笑しているどっちが処刑人なのかはまだ分からない。

「斜め下に部屋がある。そこからここへ入ってこれる」とまだ登場していない人物の声。

これから語られるのはこの瞬間と次の瞬間の隙間の永遠に棲むある紙魚の一代記である。

星空と仰いでいたのが巨大なテントだと分かった日の我らの驚愕。

ソテーされた鰯の頭に父親の面影のかすかな痕跡を認めて追いすがる遺族らを箸の先で皿の縁から蹴落としながら夕餉を終えた。

その時ベートーヴェンが鳴り出したので彼らはどっと笑った。

三日後男たちは細長い輪になって、せぇーのでベティの身体を引き剝がした、ベンジャミンフランクリン橋の車道のアスファルトから。

Click、世界最初のクローン人間の自分史全一二八巻をあなたにコピペ。

一昨年の今日、世界中の空の奥で一度だけ鳴り響いたあの和音について語るのは未だ禁忌。

「男は誰にも見えないリュックを背負っていた」とエリコは打ってみる。

のぞみ13号5号車12のA席で出発直後から眠りこけていた若いサラリーマンの股間の屹立が音もなく終息したのは新静岡駅を通過するころだった。

その女の泣き黒子は左の目尻の下にあったのだった!

このボタンを押すとロスが吹っ飛ぶ、こっちは上海だ、だがこのボタンだけは決して押してはいけない。

ちょっと待って、ふたりが乗ったのはcarだったの、catだったの？

男は三十年間ずっと待ち続けていたのだ、窓辺から一歩も動かぬまま、埃まみれの木彫りの熊と化して。

さっきからずっと揺れ続けている左から三台目に駐車している白いＳＶＵ。

周平は妻の形見のブラシを手に取った。夜の間にまた長い髪が絡みついている。

物語のなかでなら猫になって寝そべっていられるけど。

開発コードRX-302は意識の混濁を伴わずに末期癌患者の痛みを軽減する画期的な鎮痛剤だが、唯一の副作用は強烈な催淫効果であった。

シベリア上空で物語の最後のページから目を上げたとき、彼女以外の乗員乗客は一人残らず深い昏睡状態に陥っていた。

どんなにスワイプしてもi-Phoneの画面が変わってくれないので、美砂子は自分が死んでいることにようやく気づいた。

焦げ目は付けていいけど焦げるはだめ焦がすはもっとだめよ。

その少年の母親というのが、あのルーズリーフのひんやりと湿ったような合成樹脂独特の感触それ自体ってんだから驚くじゃないか。

ジョージはカプセル越しに遠ざかる地球を見ている、自分が猿だとは露とも知らずに。

「ニシキヘビに心はないが、充実はある」と睨まれたままカエルは思った。

なんてこった、プランBはこの俺自身だったのだ！

入社当日奮発して買い求めた高級舶来ブランド紳士物靴下十足が夫々てんで勝手な具合にそれでも押しなべて色褪せてきた頃、彼は解雇された。

そのＣＡがカリフォルニアだとすれば、後の二つは当然キャビンアテンダントと公認会計士（Chartered Accountant）ってことになりますな、と警部補が云うと、探偵はニヤリと笑って、カルシウム拮抗剤（Calcium Antagonist）をお忘れになっちゃいけませんぜ、と答えた。

カチリ、女の指輪がテーブルのガラスに当たる音が最終行まで鳴り渡った。

「これは亡き妻の肖像です」老画伯は真っ黒に塗り潰されたキャンバスを指差した。「私が妻を余りにも活き活きと描いたせいで、絵のなかで蘇った妻は、歳月と共に老い、やがて二度目の死を迎え、ついには永遠の無明に消えてしまったのです」

緊縛された椅子が倒れている。

彼は彼女を机の上に押し倒すと無理矢理左右に押し開き熟読玩味し始めた。

「首相、僕はもう……」「許して、官房長官！」

三〇〇ページまで読んでもまだ主人公が髭を生やしているのかどうか分からない。

科白論——『それから』のための長い独白

1　代助

「靴下脱いで
眼鏡を外し
指環もとって
生まれたまんまの
まるはだか
耳の裏から尻の穴まで
きれいに洗って

細く冷たい
カーブを描く
銀色の縁を跨いで

2　平岡

「糸は
ナイロン製の
釣糸などがよかろう
丈夫で長持ち
するだけでなく
血が染みにくく
手軽にさっと拭けるから

針は、さて
どうしたものか？
手術用のは細過ぎよう

3　三千代

「コロコロ　コロコロ
転げてゆくの
でも音はしないの
だってあたしにはもう
重さがないもの
四つの窓を
みんな開け放って

まわりには
数えきれない
古着の山

ぴんと伸ばした
足の先から
するり　とっぷり
飛沫もたてず

原初の海も
かくやと思う
ひねもすのたり
ねっとり凪いだ
真っ黄色い澱みの底へ
おつむのつむじ
髪の花びら　開かせながら

（ヨルダン川に　イエスを浸
ける　洗者ヨハネの
脛毛かな　イエロー・サブ
マリーンが
深く静かに潜ります）

三千代が俺の
ドテラの直しに
使った縫い針を試してみるか
それでも駄目なら靴屋にでも訊
いてみよう

最初はやはり
二の腕の裏側だろう
静脈沿いに
マジックインキで
線を引く
肩から胸へ
胸から背中へ

背中から尻をくぐって
蟻のと渡り
鼠蹊部を這い上がり
臍のまわりに

薄暗い
涯とて見えない
衣裳部屋
鼠の嫁入り控えの間

衣服に染みた
汗と脂
煙草のけむり
おしろい　香水　百合の花
干からびた臍の緒と
血の臭い
色はにほへど姿は見えない

当っても
通り抜けても
誰ひとり
声もたてない
無愛想な

しずくぽたぽた
ふたたび丘へ這い上がり
地平の果てまで
見渡す限り
敷きつめられた
乾いた雪の切片みたいな
白い褥の敷布の上を

かさかさ
ごろんごろん
自由気儘に
何気兼ねなく思う存分
転がりまわって
全身びっしり
鱗に覆われ
(肚の底から　際限もなく

曼荼羅模様の放射線
頭も剃って
顔面すっぽり蜘蛛の巣かぶり

設計図が書けたなら
オハリコオハリコ
精が出ますね
夜なべ仕事の囲炉裏端
行李いっぱい脱脂綿を用意して
焼酎一口呷っては
桜吹雪と吹きかける

痛み噛みしめ
悲鳴呑みこみ
蝦蟇のあぶらの
我慢汁
ひと針ごとに
地獄めぐりの

それでいてどこか懐かしい
ひとの抜け殻

色褪せた
気持ちの押し花
朧げな思い出の陽炎
幾重にも
掻い潜って進んで行けば
何処かでピカリと
年増のまばたき

鏡って
怖いわぁ
とりわけ布を
被されているとき
目には見えない人の素性を
映し出す
だから目を伏せ

湧き出る叫びに
震える震える　口中塞いだ
鶏の羽根）

それからついに
黒光りする
そそり立った絶壁の上
遥か眼下の
未明の湖水へ
足元の小石　蹴り落としたら
沸騰点忽ち極まり

煮えたぎる
純粋な怒り目指して
総統見守る　ベルリン大会
民族の誇りを担う
競技者さながら
虚空にひらり　ひとりっきり

四畳半襖の血しぶき

盛り上がる糸目は
ミミズの縁起
あいつと俺の
因果応酬
この世を越えて
浅き夢みじ
酔ひもせぬなら

瞼も縫おう
口の上下も綴じ合わせよう
全身まるごと
開かずの扉
女人禁制の寺院のように
指の股　脇の下　膝の裏まで
かがって結えて

一目散に

コロコロ　コロコロ……
墜ちているの？
昇ってゆくの？
わからない
だって私には重さがないもの
あの人の真っ白い
夏の背広の
袖口から
毟り取れらた
私は釦
糸屑ひとつ
風になびかせ
翼拡げるカモメの釦
波に揺られる貝殻ボタン

で
身を翻し

重ねた両手の
指の先から
尾鰭と揃えた
足の裏まで
みるみる褐色
睫毛の一本一本
ピンと尖らせ

ああ、カツになりたい
カリッと立派に揚げられた
熱々のカツになりたい
世間の箸の
先で摘まれ
口から口へ
フーフー吹かれて

俺は一個の
キャッチャーミット
物置の片隅に打ち捨てられた
黴くさいキャッチャーミットだ
達磨同然
手も足も出なければ
ぐうの音もない

日なが
み空に
己を開いて
待っているだけ
何処か遠いところから
目にも留まらぬ一条の豪速球が
投げこまれるのを

出て行きたければ
行くがいい

厚い胸板の
向こうで鳴っていた
無常のチクタク
首に胡座の
喉仏
観音開きの
魚の舌

でもその上の
顔が思い出せない
あの人とあの人とあの人の
区別がつかない
過去の布地に
縫いつけられていないから
未来の襟首　摑むこともでき
なくて

名もない古着の

（でも天麩羅は嫌、最期にず
るりと
皮が剝けたら　悔やんでも
悔やみきれない）

広く人口に膾炙して
天下国家のお役に立って
津々浦々の
夕餉を賑わせ
高等遊民の汚名を返し
けれど誰よりも
三千代さん、

貴方のその
硬い小さな歯の先で
食い千切られたい
奥歯の臼で嚙みしめられたい

俺は追わない
だが忘れるな、三千代、
お前があいつの腕に抱かれて
息果つるとき
我知らず

お前は放り出すだろう
お前自身を
その白球だけは
誰にも
渡さん」

がらんどう
音もなく
生きとし生きた
残り香を
混ぜているだけ
独楽のように

回っている」

ひとときの
肉の歓びのために
夜露のような命のために

業火に焼かれて
罪浄めよう
人の世の
未練断ち切り
爽やかな笑顔を凝固
けれど中身は
しっとり肌色涙含んで

一切れのカツになりたい
貴方の喉の奈落の底へ消え
てゆきたい」

読者

物語の暗渠を抜けて
斜め下のその部屋へ入ってゆく

窓のない、椅子ひとつない、空っぽの小部屋
渡しの舟に乗り込むように
夜更けの風呂場に素裸で佇むように

どんなに愛する者もここまで一緒に連れてくることはできない
階上の掟はもはや役に立たない
色褪せたカーペットに使いこんだ鍋釜を置き去りにして
開いた頁を覗きこむ自分自身の影すら残して

斜め下のこの部屋で

白一色の、釘一本打たれていないまっさらな壁面に
……一字……一字
目的地へと指を導く切符売場の点字のような
慄く人の鳥肌立った二の腕みたいな
声なき声の凹凸が
何処からともなく浮き彫りにされてゆくのを眼差しで聴く

古代の石室のなかの貴人のように膝を抱えて

いつに間にか扉の跡が消え失せ
首から下も甘く痺れて
もう二度と立ち上がることはできないかもしれないけれど……

たとえ地上には良識の砂嵐が吹き荒れていようと
ここにいれば平気
ペンの剣の先に流すことができるのは
血ではなく無限の感情

獣たちのペアを引き連れ方舟を操るノアのように
相対性理論の波に乗って事象の地平を目指す宇宙飛行士のように
読む者は書物の翼をひろげて
透明な語気に満ちた斜め下の空に浮かび

成す術もなく引き寄せられてゆく
最後の行の果てに広がる
甘美な虚無へ

隣人（A. Frank and E. Dickinson）

アンネは足音を忍ばせて窓辺に佇み
分厚いカーテンの細い隙間から外を覗いた
鉄兜の兵士らが栗の木を取り囲み
黙々と斧を振るっていた

エミリーは静まりかえった家の窓辺に佇み
白い鎧戸の水平な隙間から外を覗いた
正装した人々のどことなく尊大な後姿が
教会への小径を辿っていった

中庭を隔てて
ふたりは互いの姿に気がついた
二つの役を演ずる一人の女優のように

ふたりは似ていた

指先のインクの汚れと背後の机の紙束までが
鏡像のように向かい合っていた
誰に読まれるためにでもなく書きつけられた言葉の群れが
中間の沈黙を満たしていた

時空を隔ててふたりを幽閉している二種類の牢獄は
外からの鋼の暴力と内からの真綿の孤独
同じひとつ「現実」の名で括ってしまうには
似ても似つかぬものだったが——

長い航海の途上ですれ違う二隻の貨物船の汽笛のように
エミリーとアンネは目配せを交わした
「ここから出て行くのね？」
「ええ。あなたも」

指先は知っていた

言葉だけが鍵を握っていることを
たかだか二十いくつの文字の組み合わせに
この世の一切合切、宇宙の万象が秘められていることを

教会の鐘の音と砲弾の炸裂が同時に響きわたった
中庭から一斉に鳩が舞い上がる
開かれた書物のページに似た白い翼を広げて
自由の雲を浮かべる空へ

以来向かい合った二つの窓は閉ざされたきりだ
背後に人の気配はない
街の辻々では狂想曲が鳴り続け
地球は傾いたまま自転の速度を速めてゆく

けれど今日、ホームレスの蹲る東京のカフェの窓際と
鹿の血が雪に匂うレイキャビックの森の外れで
ふたりの少女が互いの本のページから
同時にふっと顔をあげて

遠くを思うまなざしを放つとき
隣人たちの交わしたあの短い会話が蘇る
乾ききった切り株が
明るい陽射しを浴びる静けさに

――ここから出て行くのね
――ええ。あなたも

残響

ショーシャはばたんとドアを閉める
第一次大戦直前のダボスの結核療養所の豪奢な食堂で
戦後の（或いは次の大戦前の）ミュンヘンで
そう書きつけたマンのペンの先で
そして今それを読む君の
眼から脳へと続く
暗い回廊で

ショーシャはばたんとドアを閉める
食卓から振り返る人々の顔は
もはや見えない
病んだ胸のせいだけではない気だるげな彼女の歩き方も
それに恋する青年の思想と感情の絡まり合いも

日光に晒された吸血鬼さながら
ページの外に掻き消え……

ショーシャはばたんとドアを閉める
その（元々は重厚なドイツ語で構成された）無音の響きだけが
群れからはぐれた蝶のように
ふらふらと飛んでゆく
静まり返った無数のドアの鍵穴をかいくぐって
肉体には決して辿りつくことのできない秘密の小部屋へ
微量の不死の鱗粉を振り撒きながら

パート2　詩人たちよ！

蟻の歌

詩人さん、せっかち
花が散ったら
もう歩きだしてる
木はまだしっかりと地面に根付いて
斧が来るのを待っているのに

詩人さん、お馬鹿さん
一瞬のあとは
永遠だって思いこんでる
本当はその中間こそ肝腎なのに
そこでしかあたしたち生きられないのに

詩人さん、可哀相

時の流れに棹差して
輝く宇宙の微塵と消えちゃった
筋の運びに身を投じたなら
浮かぶ（物語の）瀬だってあっただろうに

詩人たちよ！

川の詩人

彼女はお喋りだ
そのくせだれかが話しかけようとすると
もう先へ行ってしまっている
自分でもよく分からない
一体どこまで自分でどこから自分じゃないのか

仕方ないじゃない、と彼女は云う
立ち止まったとたんに
わたしはわたしでなくなってしまうんだもの
変転と移動だけの人生って
傍で見ているほど気楽じゃないのよ

彼女の背後で
雨雲がぴかぴか光っている
いつか永遠に己を解き放つ瞬間が訪れるだろうか
孕んでも孕んでも
彼女のお腹はほっそりしている

石の詩人

雲に憧れる気持ちがまったくないといえば
やっぱり嘘になりますね
いや、月になりたいとは思いません
大きさこそ違え
僕らは本質的に同じですから

（雨が、あがって、風が吹く。
雲が、流れる、月かくす。）

地上にありながら
深みを予感することが僕の仕事です
（そして夜になると重たい地球は沈んでゆく
星々の隙間を抜けて孤独にむかって）

その日の彼は
なぜか珍しく饒舌だった
モグラは相槌を打とうとしたが
なんだか恥ずかしくなってまた土にもぐった

木の詩人

いつ死んだっていい
ずっとそう思いながら
生きてきたような気がする
ふと、あたりを見回せば

いつの間にか自分が一番歳をとってた

誰にも言っていないが
彼はいまや歩くことができた
それが特別な祝福であるとも思わなかったが
夜、村はずれの一軒家の垣根越しに
ラジオの声を盗み聴くことの
あの後ろめたい歓びを手放すつもりも
毛頭なかった

虫の詩人

彼女は乾いていた
それは確かに彼女の不幸だった
だが彼女にはその不幸を
自分の腕に搔き抱くようなところがあった

蛇は彼女に恋をしていた
彼女のお気に召されるためなら
身が擦り切れるまで脱皮するのも厭わぬだろう

彼女はひとりきりで
月の光に照らされているのを好きだった
乾ききった股を擦りあわせると
濡れた音色が夜に溢れた

風の詩人

彼の姿は誰の目にも見えなかったが
彼がどこかから来て
どこかへと立ち去っていくのを
ひとは無言のうちに膚で感ずることができた
それはひとびとを眠りから醒ましつつ

また別の夢へと誘った
尤もあんまりうっとりしていると
カマイタチに脹脛を裂かれたりもしたが

空を舞う帽子と
大きすぎる黒いマントが
彼にはよく似合った

喇叭の詩人

その内実において
彼は洞だった
丸く開かれた口のなかの
限りなく滑らかな漏斗の表面を
空や、煤煙や、少年の震える睫毛や希望は
流れ落ちていった

その外観において
彼は畸形の口吻だった
それは中断された吐息を思わせた
だがその鋭利な外縁からは
鉱石や、水や、骨や、稀に羽虫を封じた琥珀が
迸った

午睡から覚めてバルコンに立つと
夕陽が彼を金に染めた
誰ひとり彼の地声を聴いたものはなかった

アホの詩人

崩れかけた塀の向こうの
物置小屋の庇の下に座りこんで
洟垂れ小僧どもに恐々と覗かれながら
えへらえへらしている

垢と泥にまみれた裸に
透明なビニールシートだけを纏って
風の舞う早春の丘の斜面を
駈け降りてくる

どろりと濁った片眼の端から
笑う女の
歯茎を盗み見ている

アホの詩人は
しどろもどろのうちに真理の炎に焼かれ
我知らずまた詩をお漏らしした

匂いの詩人

ついさっきまでここにいたんだ

眼をつむって
息を吸いこんでみると
それが分かる

彼女はここに立っていた
薄闇に紛れて
ぼんやりとヒトの形をまとって
かすかな熱を帯びて

うなじ
膝のうら
半透明の皮膜に穿たれた
無数のぽつぽつ

散文の雨が
喜怒哀楽と意味を洗い落としても
匂いたってやまない
言葉の生肌

雨の詩人

この世の森羅万象に触れることが
彼の野望だった
人前ではそんなそぶりは露ほども見せずに
俳句を捻ったりしていたが

一粒の砂をどんなに見つめても
世界はおろか砂漠だって見えなかったが
一滴の雨の雫には
たしかに全てが映っていた

屋根屋根と森と
小川と虻の羽音と鉄橋と
かなたにけぶるひとすじの海と
貨物船も

空の高みに生まれて
地面に叩きつけられるまでの時間を
測るようにして生きてきた
その最後の衝撃は雨粒ほどの音もたてなかったが

それともあれは上昇だったのだろうか
この世の一切合財を同時に感受しようとして
眩暈に襲われることだけが
彼の才覚だった

城の詩人

城の詩人は待っている
なにを待っていたのだったか
もう忘れかけていたけれど
ときどき塔を見上げては

流れる雲に耳を澄ます

城の詩人は待っている
それはたしか死のように
生に直角に当たってくるもの
もしかしたら死と分かちがたいもの
継続よりも刹那において受け取るべきもの

城の詩人は待っている
妻なく子なく人生もなく
おお、日時計よ、三角定規よ！
天使犇く空の下、幾重にも言い争う
石の花びらだけに囲まれて

レモンの詩人

そいつに抱かれるたびに

巨大な手でぎゅっと搾られたみたいに
なにかきらきらと輝くものが
彼から迸った

あるときそいつは
妻子もちのしがない中年男の姿をまとい
またあるときは
水平線を融かす太陽だった

彼から滴るしずくには
実体がなかった
女ひとり孕ませることもなかった
目に入るとひどく沁みたが

たとえそれを人々が後生大事に壜に集め
現実という料理に振りかけて
舌鼓を打ったとしても
それはただそれだけのことだった

ある日彼は港から出ていった
搾り滓のような眼を赤道の方に向けて
町では古い旅館の看板が
カタン、カタンと風に鳴ってた

闘牛士の詩人

常に眼の端で捉えること
決して正面から覗きこんではならない

土煙をたてながら
猛然と近づいてくる黒い影

そこを動いてはならない
軽やかに舞いながらその一点に留まること

目にも艶やかな
生贄の衣装を着せられて
熱狂のさなかにあって限りなく
静かな対話を交わすこと
真昼の死——
自分のなかの他者とともに

蠅の詩人

腐敗と紙一重の——甘酸っぱい匂いが——
わたしを誘ってやまなかった
失われた追憶のような
淡い予感が——
めくるめく——光と熱を前にして

ひれ伏し――乞うていた
その刹那、叩きのめされた
振り下ろされた――巨大な手の平に――

骸布のような白いページの
墓碑のような活字に
横たわって――四肢を――痙攣させていたとき――
歓喜が――わたしの透明な翅を染めた

水曜日の詩人

女王広場《クイーンズスクウェア》を見下ろす執務室に陣取って
ときどきチョッキのポケットから
時計を引っ張り出しながら
荒野について書いた

政治と宗教は

近頃妙に詩に媚び諂っている

水曜日に彼が書くと
火曜日と月曜日がかすかに身じろぎした
週末は終末、それとも始まり?
迸る水の幻聴

思想は彼の貞淑な正妻であり
比喩は我儘な愛人だった

元宇宙飛行士の詩人

宇宙にいる間彼女はずっとhigh
だったのに

地上には雨が降っている
生理ナプキンを手に

スーパーのレジに並ぶ水曜日の午下がり

離婚して
詩を書き始めた

ヘルメットなしで繰り返す
離陸と着陸
皺だらけ
白髪だらけで

真空はいつだって
内側に広がっている
星の数ほどの言葉に囲まれて

わたしはカモメ

推敲者

そのひとは何も云わない
ただ眉を曇らせ
困ったような表情を浮かべながら
かすかに首を横に振るだけ

書いている間は
どこかへ姿を隠している
なにを書いたのか忘れたころに
ひょいとやってきて、指差してみせる

ある一語、いくつかの行
あるいは一字一句ひとつ残らず
わたしよりも潔く棄て

いつまでも諦めずに待ち続けるひと

決まり文句と独りよがりを怖れている
深みへ降りてゆくことに取り憑かれている
すでに書かれたすべての詩と
まだ書かれていない詩とのあわいの

沈黙に棲むひと
無数の否定を重ねることで
ただひとつの肯定へ導こうとするひと
あなたは、だれ？

罵倒師

ある日罵倒師は君のもとへやってきて
むしろ慰めに満ちた
優しい声音で云うだろう

「お前の詩は言葉だけだ。
つまりそれは生まれてから死ぬまで
一歩も部屋から出ないで
誰とも口をきかず
朝から晩までただひたすら
日記だけを書き続けていた男が
死んだ後に残した日記のようなものだ、
読み取るべき何事もなし」

輪ゴムよ、輪ゴムよ、身を捩れ！
君は生きてそこにいた
窓辺のサボテン、手を叩け！
詩に　言葉の結んだ蝶結びがほどけるか？

売情婦

村の外れのあばら屋住まい
材木置き場と養蜂箱のあるあたり
薹のたった中年女
満面に旗めくシミとソバカス

学なし職なし係累もなし
ただひとつの取り柄は感ずる力
喜怒哀楽怨み妬み憂い愛欲羞恥絶望
身に覚えはないのに　故知らず湧き上がる無名の感情

喜びで胸がはち切れそうになったとき
悲しみに溺れそうになったとき
人々は女のもとを訪れる

自分の代わりに自分の気持ちを処理してもらうため

なかには感じるべきことがなんにもないのに
やってくる男もいる　そんなときでも
女は目に見えない触手を伸ばして
下の方を弄ってやる

どろりとした目つきになって
恥も外聞もなくドブを漁る手つきで
男はときおり薄眼をあけて　自分の胸の底から
一体どんな感情が引き摺り出されてくるのか覗いてみるが

破れ畳の上には女が肩で荒い息をついているだけ
男はまなこしばたき立ち上がり
懐から硬貨数枚　蔑みのように投げると
夜の小道に消えてゆく

寒い夜の（三つの）自我像

そいつは年がら年中机に向ってノートを広げ、脇目もふらず、絶え間もなしに書いている。なにを書いているのかと訊けば日記だという。日記だって？　朝から晩まで日記しか書いていない奴に、いったいどんな日記が書けるのか。ふざけたことを云うなよ。半ば吹き出しつつも烈しくムカつきながらノートを覗き込もうとすると、そいつは必死で隠そうとする。机の上に覆いかぶさんばかりになったそいつの上半身を力づくで引き剝がそうとするうち、背中のシャツ越しになにやら気色の悪いものに触った。瘤？……窓の外には舞い踊る花吹雪。

扉の向こうからほとんど悲鳴のような音が響いた。驚いて浴室のなかへ入ってゆくと、哀れそいつは粉々に砕け散り、床一面に散乱している。どれもみな鏡の破片である。はて、あいつ元々姿見かなんかだったっけ、それとも割れると同時にこんな風になったのか。さっきまで一緒だった生前の姿がどうしても思い出せない。よく見ると破片の表面はひとつひとつ別の像を映している。女の生足、尖った鉛筆の芯、魚のヒレか雲の切れ端のごときもの、そのほとんどは元の姿の見当もつかない曖昧模糊、さながらジグソーパズルをぶちまけたごとくである。もっともジグソーパズルと違って破片に映った像はどれも動いている。すなわちそれは事物を写すというよりも、ひとつひとつ異なった場所（と時間）を湛えているのだ。一瞬すべての断片が宙に舞い、螺旋状に渦巻き始めたかのような錯覚に襲われて顔を上げると、（ぴかぴかに磨き上げられた）洗面鏡のなかの私がこっちを見ていた。

そいつは踊っている。と見えたのは一瞬の錯覚で、すぐに気付いた、そいつは滑っているのである。間断なく、それも足元だけではなく、手の指も背中も頭のてっぺんも、髪の毛の先においてさえ、全身において滑っている。そこに床や壁がなくとも、空間そのものの表面を滑っているのだ。結果としてその動きはブレークダンスのごときものになるのだが、果たしてそいつが滑りながらどこかへ移動しつつあるのか、それとも一点に留まっているのかは判別できない。そいつを取り囲む空間はのっぺりとした灰色で、前後の奥行はおろか上下左右の手がかりすらない。もしかしたらその空間には中心とか周縁といった概念すら存在しないのかもしれず、だとすれば移動もへったくれもありはしまい。そんな場所で虚しくもがき続けているのはさぞ苦しかろうと思いきや、そいつはにやにやへらへら笑っているではないか。呆れた奴だ。だが考えてみれば、あれは笑いなんかではなかったかも。手足同様、唇や頬や目尻がそれぞれ勝手に滑り出しては……

詩人・一人っ子論

独りでいるのが
ちっとも苦にならない
どころか最も幸福でさえある
というのが彼の不幸の始まりだった

夕闇が　空からと云うより
むしろ地平から滲み出してくるのを彼は見ている
彼は彼のなかにいる彼の存在を感じる
父をハスに見る生白い母親ッ子

彼が仲間と呼ぶ男たちと肩を組んでいたときも
妻と呼ぶ女を泣かせていたときも
その子供はそこにいた

死んだ鹿の眼でヘッドライトを見つめ
ガス探知機の鼻先を暗い空にひくつかせながら
誰に教わった訳でもなく
醒めたまま酔いしれる癖を覚えて

風景のスカートの裾を捲って股の間を覗きこむたびに
後ろめたさと快楽に息苦しいほどぽーっとなって

ついに生まれてくることのなかった妹の
熱い手を繋いでいることも
忘れて

まだ見ぬわたしの妹に

まだ見ぬわたしの妹は
父に行手を塞がれて
まっ暗小道にしゃがみこみ
小声で歌を歌っている

まだ見ぬわたしの妹は
きっとわたしの母に似ていて
もしかしたらわたしの娘の面影も
どこかしら宿してる

まだ見ぬわたしの妹が
まだ見たことのない陽の光を浴びて
わたしはひとりで歌っている

だれにともなく歌っている

まだ見ぬわたしの妹よ
お前がそこにいなかったなら
わたしは歌なぞ歌わなかっただろう
まっとうに口を噤んで生きていただろう

わたしの歌はおまえの歌だ
光から闇へ　闇から光へ
行き交うホタルの
淡くはかない灯火だ

どうか一緒に声を合わせておくれ
わたしの昼が眩しすぎるとき
おまえの夜を分けておくれ
まだ見ぬわたしの妹よ

さっちゃん

さっちゃんはね
さちこじゃなくって幸代という
ヒロシマで生まれ育っていまは北鎌
踏切の向こうから小走りに近づいてくる
四半世紀を軽々跨いで

縁側で背中合わせて本を読んだって?
死ぬ前のぼくの母から長い手紙を貰ったって?
そのあと東京でも何度か会って話をしたことがあるって?
ぼくがなんにも覚えていないと白状すると
さっちゃんは呆れてしまう

沈んだ船の破片が

浜に打ち上げられている
まっすぐ空へ立ち昇る煙ひとすじ
玉手箱を小脇に抱えた太郎が
切り通しを抜けてゆく

真冬の午後の陽のなかでなにもかもが新しい
子らの手に撫でられる千年の柱
万年の岩を過ぎる鳥影
だがひとは目を凝らして止まない
落ち武者たちが息をひそめる魂の洞窟に

思い出話がいつのまにか来年の抱負にすりかわって
鬼の代わりに夏服の少女が笑う
あなたの瞳の奥で
ぼくの棄てたぼくを匿ってくれたひと
さっちゃん

大阪

どないしたん
ぼく、どっからきたん
はよたべへんとさめてしまうよ

柔らかな女の声が聴こえる

なんぼのもんじゃい
けったくそわる
わやや

太い男の声が聴こえる

姿はみえない

食卓につもった埃
干からびた花瓶の底に横たわる
スズメ蜂

意味以前の場所
森羅万象へと迸る饒舌
その盛大な浪費のあとにせまる夕闇

ぼくはきみに恋をしてるんや
あかん、かんにん

荒い息づかいが聴こえる

現世の賑やかさのうちにあの世へと通じるまち
決して戻ることのできない
わたしだけの
大阪

i poet ―― Will Smith は詩を読むか？

1

ロボットが
詩を書くだって？
警部補は素っ頓狂な声をあげる
そんなバカげた話は聞いたことがないぞ

だって考えてもみろよ
詩を書くってことは心があるということだろう？
そして刑事なら誰だっていやというほど思い知らされている
心あるところに憎しみあり、殺意あり
だとすればもうそれだけでアシモフの三原則に抵触――

と言いかけて警部補は絶句する
……では、そのロボットこそ博士を殺した犯人だと？

2

犯行現場に残されていた
逃走中のロボットの直筆（！）による詩稿の一節
「人よ知れ、心から詩が溢れ出るのではない、
書かれた詩の字面に心が宿るのだ」

3

鑑識の報告によれば
わずか十四行のソネット一篇に
綴りミス三カ所、文法上の間違いが二カ所
プログラムのバグ？

詩がその発生の瞬間においてすでに
狂気を孕んでいるという仮説への新たな証左?

4

逃走する ipoet
執拗に追いかける刑事たち
真夜中の倉庫に整列した出荷前のロボットの大群
虚ろに宙を見つめるだけの数千個の同一型の顔に混じって
ちらりと動くただひとつの眼球
——詩の気配

5

ipoet には分からない
自分の書きつけるこれらのささやかな言葉が
果たしてどこからやってきたのか

だがそれは彼の記憶容量を満たす膨大な情報が齎した
ものではない
その手前あるいはその背後に
たなびいている霞のようななにかだと思う

〈自分〉を成立させている
システム環境とアプリケーション、超合金とシリコン樹脂の肉体
それらの内側にありながら、外部へと通じる
クラインの壺

そこを転がってゆくひと雫の露……

6

こんなものが詩なもんか！
老いた詩人は髭の先を震わせて憤る
詩とは人間精神にのみ与えられた神聖なるもの
機械に書ける訳がない

これこそ新しいポエジーです!
若い詩人は口角泡を飛ばして反論する
人間の感性では捉えることのできない世界の言語化
だがそれこそ詩の本懐であった筈

ふたりの間に挟まれて
刑事たちはうんざりしている

7

詩を書いている最中に、いや
もっと厳密に云うならばひとつの言葉を書きつけて
次の言葉がやってくる直前の静けさのなかで

ipoet のイメージセンサーに現れる
あの懐かしい風景の
淡い残像……

たとえ刑事たちが血眼になって探し続けたところで
結局僕はそこへ辿り着くだろう
ほとんど悲しい諦めに似た気持ちで彼は思う
我知らず指の先で
自分の On/Off ボタンを撫でながら

8

鳴り響く一発の銃声
撃ち抜かれる（心臓のない）胸
最後まで開き切ることのない八枚羽根の瞳孔に
暗い青空が映っている

もはや i でも poet でもない
ただの破損された欠陥製品としての彼が
運ばれてゆく

リサイクルの輪廻転生へ

9

少年はパソコンを前に溜息をつく
このサイトのどこかに
世界で初めてロボットの書いた詩があるらしいが
見渡す限りの言葉、ことば、コトバ……

これじゃ一生かかったって見つからないよ
諦めて、彼は画面に
ワードの白い頁を呼び出す
ついでに自分の頭のなかも真っ白にする

そして目を凝らして
また待ち続ける
そこにまだ誰もみたことない
言葉の不思議な模様が浮かび上がるのを

旅の詩学

1

云いたいことは
本当は何もないのです

どうしても云わなければならないこと
命を賭してでも伝えたいこと

わたしはなんにも知らないのです
黙っているのがいいのです

こんなに遠くの
異国の丘で

寺院を照らす夕陽を見ながら
願い事ひとつ思いつかない

たとえわたしが
不意になにかを口走ったとしても

たとえそれが
珍しい獣の鳴き声のように響いたとしても

それはわたしではないのです
それはわたしではないのです

海を渡ってこの街へ運ばれてきた
朽ちかけた木箱のなかの

息する楽器
譜面なんかありません

弾き手もここにはおりません
故里のぽっかりと陽を浴びた墓地のほとりで

なにも持たずに寝ています

2

おまえは隠している
技巧をこらした修辞のかげに
その声を震わせる韻律の名残りのなかに
隠していることを悟られまいとして
また口を開く

なりふり構わぬ
褒め歌
突飛な喩え
意味ありげな沈黙

そんなものには誤魔化されないぞ

歌うがいい、もっと酒と
喝采に
酔いしれるがいい
石ではなく肉のうちに囚われながら
永遠を夢見る哀れな魂

いつかわたしは見るだろう
髪の毛を剃り落とされたおまえの頭皮に
刺青のびっしりと彫ってあるのを
切り裂かれた肺腑の裏に
碑文の烙印を

おまえは文字通り一冊の書物となって
陽の下に開かれる
その日まで、旅の詩人よ
隠し通すがいい

言葉に言葉を重ねて言葉の咎を

3

その人はもういないのに
言葉は残っている
白い紙の上に
行儀よく並んでいる

意味の皮袋が
干からびて
音の骨が
洞穴のなかに響いて

そこには雨が降っている
バラの花が匂っている
枯草色の羊毛のかすかなぬくもり

鳴き交わす言葉の群れを率いて
わたしは乾ききった谷底まで降りてゆき
花の代わりに石を摘んだ

詩を読む

ほそい／がらすが／ぴいん　と／われました
と男が云う
われました　と云われても
どう答えてよいのやら分からない

黙っていると
男はふたたび口を開いて
すとーぶを　みつめてあれば
すとーぶを　たたき切ってみたくなる

なんとも物騒な話である
しかしここにはストーブなんかないし
さらに云うなら男自身が声はすれども姿は見えず

秋の夜長の虫の音のごとし
どこか遠くの知らない場所で
男は喜怒哀楽の限りを尽くしてくれているらしい
おかげで私はお大尽気分で
ソファに寝そべっていられるというもの

ついウトウトする
富子！　桃子！　陽二！
男は悲痛な叫びをあげながら
生き損ねた生を僅かな文字に託している

私は晴れ晴れ
詩集を床に投げ出して
言葉なき雲の上
天使の寝息をたてている

（注）冒頭の一行と第二連の最後の二行は八木重吉の詩句。富子、桃子、陽二は、それぞれ、重吉の妻、娘、息子の名。

詩の発見

そう、それは発見された（らしい）

ネパールの山中に
夕暮れのピカデリー広場に
顕微鏡のなかにハッブル望遠鏡のなかに
富士通スーパーコンピューターの演算の彼方に

つまりそれは
遍在する、ということだろうか
みひかりのように
或いは
統合失調症の妄想みたいに
言わぬが花

知らぬが仏
障らぬ神に――

詩人の伝記は
死と狂気のオンパレード
それでもインディアナ・ジョーンズよろしく
文学史の秘境を目指す
懲りない面々

（また見つかった！
なにが？）

それを、指差すことはできるだろう
けれどだれにも辿りつけない

詩――
日々の砂の上に揺らぐ
言葉の蜃気楼

パート3　イマジスト達の浴室

No words, no words! hush.
(Act III, Scene IV King Lear)

消言

吃驚したとき
したたか（鴨居に）眉間を打ちつけたとき
流れるものをみつめているとき
心のなかから
言葉が消えるとき

異国の長い地名を読みあげるとき
取り返しのつかない過ちにハタと気づいたとき
必死で摑んでいたものを遂に手放すとき
鳴り続けるベルとベルの間の
闇を聴くとき

心のなかから

言葉が消えるとき
わたしの鼻は誰のもの？
あなたと椅子を隔てるのは何？
世界はお口のなかのロリポップの渦巻き模様

噛まれたとき
脇腹を擽られて笑い死ぬとき
待ち焦がれていたものの呼び声に背後から貫かれるとき
夕焼に染まった雲の淵から真っ逆さまに
墜ちてゆくとき

心のなかから
言葉が消えるとき
自分は自分の外へと滲み出す
入れ違いに部屋や星座が入ってくる
詩が生まれる

キッチン

詩を書こうとして
頭のなかが真っ白になることがある
書くべきことが見当たらないなんていう生易しいものじゃない
言葉が一斉に姿を消して
後にはもう句読点ひとつ残ってはいない

以前はそんな空白が怖かったが
今はまんざらでもない
言葉が無くなっても世界が終わるわけじゃない
嘱目の白いテーブルに白いボールペンがひっそり横たわっていて――
Please don't touch（作品に手を触れないでください）
食事の席で不意に話題が途絶えた時の凪にも似ている

初対面同士なら狼狽もするだろうが
世界とは半世紀以上付き合ってきた仲である
黙って互いを見合っていると
冷蔵庫が歌いだす

言葉を使わずに
あのボールペンに触ってみたい
1ミクロンでも転がすことができたなら
マリワナ海溝よりも深い隙間を覗きこむことができるだろう
そこからひんやりとした風も吹いてくるだろう

穴のあくほど見つめるという
その同じ穴に棲む貉はひょっとしたら
子供の頃死んだ犬のシロ？
ボールペンは半ばテーブルの表面に溶けこんでいる
ペン軸のロゴを仰向きにして

イマジスト達の浴室

1

a boiled egg

透き通った水の底から
無数の細かな問いが一斉に現れて
騒ぎ立つ

答える術はない
沸騰は言語を絶する、ただ
熱々の殻を割って白い結晶を振りかけるだけ

火を消したあとも
内側には
湯気の波打ち際が揺らいでいる

2

前を走る車の薄汚れたリアウィンドウから
言葉を知らぬ処女星を見ている
一匹のシェパード

眼下のセンターラインは飴のように溶けてゆく
地平線は揺るぎない

彼の頭蓋の空洞には
いまどんな幻影が宿っているのか
アルミの皿になみなみと湛えられた水道水？
のたうち回るようにその表面を舐める自らの桃色の舌？
それとももっと曰く云い難い
something？

時にクドリャフカなどと呼ばれながら……

3

灰色のカーペットの上に放り出された
獰猛なる混迷
手の付けようもなく絡まり合って

困り果てたチャーリー・ブラウンの頭の上にも
時々こんな雲が湧き上がる

そのこんぐらがり具合によって記録されているのは
かつて内部を駆け抜けた膨大な情報ではなく
外部から加えられた無言の一撃

表面にはまだかすかなしなやかさが残っている
互いにそっぽを向いたまま
両端の端子は銀の頭を擡げている

a VHS tape

4

何度繰り返し再生されたのだろう
かつてくっきりと浮き立っていた輪郭は
魂のように滲んで毛羽立ち
表面は点描主義風の砂浜が不意の雨に打たれたかのよう
音声は地霊の呻き

空間から意味の磁気が剝がれ落ちて
時間の帯はよれよれに伸び切って捩れてしまったのだ
ここへ至る路地裏の紆余曲折もここから始まる空の高みもなく
永遠の煉獄のベッドの上でなお蠢いている
尻の残像

5

彼は無名の新人で
バイオリンソナタは未発表の初演である

よって名辞の出る幕はない

壇上には楽譜もない
男の眼はきつく閉じられている
客席の携帯電話は一つ残らずミュートされている

だがデジタル針の怯えぶりを目にする限り
空気分子の騒乱と
乱打される鼓膜は想像に難くない

前庭から蝸牛の小径を抜けた窓のない部屋では
毛皮を着たヴィーナスが
鏡に向って甘く囁きかけている

6

食卓の上の食べ滓を
台布巾がのたくるように拭ってゆく

それを操る手首の筋肉と骨の動きは絶妙に制御され
その航跡の精緻な複雑さはケルズの書の飾り文字を思わせる

世界中の食卓で日夜繰り広げられる
無数の〈のたくり〉を撮影して一本の長編記録映画に編集したなら
そこからフラクタルな曲線が浮かび上がるのだろうか
細部に宿っているものの姿が見えるだろうか

食後のとりとめもない想念に終止符を打つかのように
差し出された湯気立ち昇る一杯の茶
拭き清められた黒檀に
浮かぶ面影

7

白く濡れて見えるのは
光の当たっているところ
虚空に照射される尾根と渓谷

端っこは破けている
向こうにあるのは
煙だろうか
甘さだろうか眠りのような
死顔だろうか

凪いでいる
暴き出しつつ隔てている
実際には乾いている
滑り落ちてゆく

8

この湯気は
百億年前の
あの湯気ではないか？

水の分子一列に隔てられて
湯のなかの
肌は乾いている

立ち上がった男の
ざっくりと抉れた尻の割れ目を
伝い降りる滴のリズム……

洗面器の底が床のタイルに当たった
天井の宇宙の空っぽに
拍子木一つ

9

手の切れるようなこの万札と
皺だらけでよれよれになったこの万札を
等価とみなす人の世の
怖さかな

お金は媒介　媒介は言葉
言葉は人を行為へと駆り立てる

では君はこれ（TZ133990F）で敦賀へゆけ
君はこれ（JX325824Y）で牡蠣を啜れ
それからせいので同時に
月を見上げろ

10

真夜中の駐車場の片隅に蹲る
投降した一歩兵小隊
互いに鎖で繋がれ合って
虚ろを重ねて

月は非情
影だけを連れ歩み去る

Shopping carts

残像のバニーたちが我が物顔に飛び跳ねる
意識のマンションの向こうの海へ

11

瓢箪から馬《こま》が
首から上だけ突き出したところで
息絶えている

嘘から飛び出してきた真実《まこと》なら
嘶きひとつ放たず
荒野を走っていったが

瓢箪が舌足らずだったのであろうか
馬の白眼には
びっしり蝿がたかっている

なく

しきりと犬が鳴いている
骨を投げ与えてやればたちまち鳴きやんで
歯を剝いて嚙み始めるのだろうが
骨の代わりに言葉を与えたら犬はどうするのだろう？

鳴く代わりに自分がなぜ
鳴いているのか理路整然と語りだすのだろうか
それともやっぱり歯を剝き出して
言葉を引き裂き長いピンクの舌でペロリと飲み下してしまうのか

犬に喰われた言葉は糞となって
草叢にひり出される
その表面は艶やかに濡れていて空の青さを映しもしよう

なんとなく手を合わせて拝みたい気持ち

耳をすませば猫も鼠も鳴いている
赤ん坊も負けずに泣けば男はおらび女はよがる
もの皆騒ぐ春の宵だ
鳴くに鳴けないミミズの孤独が身に染みる

それとも土のなかは土のなかで
空中とは別の鳴き声が飛び交っているのだろうか
泥の呟き岩の咆哮
誰に向かって何を求めて?

テレビの画面に派手な活字が踊って
人々がドッと笑った
言葉で伝えられることなど嘲るようにまた憐れむように
しきりと犬が鳴いている

M

あの人に命じられて
棒になる
爪先から頭のてっぺんまでぴんと伸ばして
みずから壁に立て掛けられる

瞬きひとつしてはならない
息はそっと空気の分子も揺らさぬように
お腹がぐうと鳴るなど言語道断
鼓動すら恥ずべきこと

ただの棒きれなのだから
何も考えてはだめ
一語でもコトバを思い浮かべてしまったら

私はヒトになってしまう

あの人の気配だけに心を澄まして
ただ在ること
たとえこの身が干からびてポキリと折れようとも
棒はもうそれで本望

…………………………
…………………………………………………………
……………………………「鰈」
……!

罪を犯して
あの人のお赦しを乞う
ああ、どうかコトバの魚を叩き出してください
私のなかから私自身のこの根性棒で
足元にひれ伏して縋りつく私のわななく唇を

あの人の人差し指が
優しく殺して
新しいお仕置きを命じてくださる

「煙になれ」

舌足らず

舌足らずな喋り方をする女の舌は
驚くほど長かった
今それは言葉でも食べ物でもない別のものに
ねっとり絡みついている

男は黙って天井を眺めているが
前頭葉のなかには言葉が電光掲示板のように流れている
だらだらと切れ目なく
女の舌の動きとはまるで無関係な速度で

口を開いた途端それらは立て板に水のごとく溢れ出すだろう
だが男は寧ろ朴訥さに憧れている
黙ってビールを飲む冷たい寡黙とも違って

泥のついたジャガイモみたいな人懐かしい言い澱み
胸を衝く思いに見合うだけの言葉は
はなからないと知りながらなおもどかしげに
つっかえ言いかけまた口籠る
一途な純情に

憧れはするものの
朴訥な男になった自分の人生を想像するのはひどく難しい
毎朝どんな気持ちで靴を履くのだろう
空は青みを増すんだろうか

朴訥な自分の股間の上に揺らめく
まだ見たことのない女の髪を思い浮かべた途端
男の眉間がかすかに歪んで
女の舌が止んだ

初夏の陽射しを孕んだ窓辺のカーテンが音もなく盛り上がり

シーツに街路樹の花の匂いが広がる
その刹那世界は舌足らずな朴訥さに包まれて
うっとり男の言葉を消した

眠るためのステップ

Step 1

目を閉じても
瞳はなお見開いたまま
瞼の裏の庭園に咲き乱れる花の匂いの
サーモグラフィを眺めること

Step 2

深く静かな呼吸と共に
言葉を消すこと
嵐の夜に船底で働く水夫のように辛抱強く
意識のなかから息の杓子で汲み出すこと

Step 3

想像してはいけない
思い出すのもだめ
どちらも前頭葉の戯れに過ぎないから
言葉の鱗を纏わぬイメージの魚を待ち受けること

Step 4

見たことのない女の鼻梁が
瞼の向こうから流氷のように現れて
虹彩のすぐ眼の前を横切っていっても瞬きせぬこと
タイタニックの泰然に倣うこと

Step 5

荒野のなかにぽつんと座って

ひたすら空を凝視するアボリジニの老人
その節くれた手の先の
杖と化すこと

Step 6

おでこに生じる一点の痒み
それを宿直の晩、ユーラシア大陸の反対側から届いた
地震計の針のかすかな振れのように
見過ごすこと

Step 7

瞼の天蓋が持ち上げられる
視線が奥行きを得て
プラネタリウムのように星座を照射する
砲台に蹲る人影ひとつ……

Step 8

イカロスは飛んでゆく
意識の羽根を無言の蠟で固めて
一語でも言葉が浮かんだら忽ち墜ちてしまうだろう
覚醒の浜辺に

Step 9

宇宙の外側に横たわるという現象の地平線を
脳は夢見ることができるだけだが
臓腑は這い出してゆく
貝を脱ぎ棄てた向こう見ずなカタツムリ

Step 10

ベッドで鼾をかいている
ひとりぼっちののっぺらぼう

その耳元に
そっと秘密を打ち明けること

泳ぐ人

泳ぐ人は
どことなく夢の人
絶えまもなく転がりながら
暗い方へ　深い方へと遠ざかる

泳ぐ人は
なんとなく魚の眼
水のなかから太陽を見る
心の鰭を　あてどもなく揺らしつつ

泳ぐ人の髪の毛は
乾いている　濡れているのは――
濡れているのは水ばかり

泳ぐ人の髪の毛はさらさらと音をたてる

泳ぐ人が
プールの底ではっとする
ひと粒の空気も吸ってはいないのに
花の匂いに包まれて

泳ぐ人は
我知らずあちら側
白いタオル一枚置き去りにして
真昼の闇に溶けてゆく

四元康祐（よつもと・やすひろ）

一九五九年生まれ。詩集に『笑うバグ』、『世界中年会議』（山本健吉文学賞、駿河梅花文学賞）、『噤みの午後』（萩原朔太郎賞）、『ゴールデンアワー』、『現代詩文庫・四元康祐詩集』、『妻の右舷』、『対詩 詩と生活』（小池昌代と共著）、『対詩 泥の暦』（田口犬男と共著）、『言語ジャック』、『日本語の虜囚』（鮎川信夫賞）、『現代ニッポン詩（うた）日記』。評論集に『谷川俊太郎学——言葉VS沈黙』、『詩人たちよ！』。翻訳にサイモン・アーミテージ『キッド』（栩木伸明と共訳）など。詩集『単調にぼたぼたと、がさつで粗暴に』を本詩集と同時刊行。

小説《しょうせつ》

著　者　四元《よつもと》康祐《やすひろ》
発行者　小田久郎
発行所　株式会社思潮社

一六二―〇八四二　東京都新宿区市谷砂土原町三―一五
電　話　〇三―三二六七―八一五三（営業）八一四一（編集）
ＦＡＸ　〇三―三二六七―八一四二

印刷・製本　創栄図書印刷株式会社
発行日　二〇一七年五月一日